SCÉNARIO, DESSIN ET COULEUR
Victoria Maderna et Federico Piatti

# HÉMATITE

## 1. SÉRÉNADE

Traduit de l'anglais par Nora Bouazzouni

DARGAUD
PARIS BARCELONE BRUXELLES HONG KONG LAUSANNE LONDRES MONTREAL NEW YORK SHANGHAI

Nous dédions ce livre à la mémoire de Clide.

Nous remercions nos familles pour leur soutien indéfectible.
Merci à Aurélie pour son aide et ses encouragements,
ainsi qu'à Thomas et à l'équipe de Dargaud pour avoir
cru en cette histoire.

**Victoria Maderna et Federico Piatti**

PEFC
10-31-1800
Certifié PEFC
Ce produit est issu de forêts gérées durablement et de sources recyclées et contrôlées.
pefc-france.org


Dépôt légal : avril 2021 • ISBN 978-2205-08667-6 • Imprimé et relié en mars 2021
par PPO Graphic, 10 rue de la Croix-Martre 91160 Palaiseau, France

Le néant.
Rien n'est plus, sauf ses larmes d'argent...
... la seule amie demeurant éternelle.
Une ombre, un présage...
CROA!
... une lueur d'espoir dans le battement sombre de ses ailes ?
CROA!
Chassée, je me languis...

...tandis que les vents mornes du désespoir...
... murmurent ton nom ...
tandis que les vents mornes du désespoir murmurent
SOUPIR
... ÉMILE.
GNAP!
HÉ !

TIENS TIENS, C'EST QUOI ÇA ?
RENDS-MOI ÇA, BERTHE !
OOOH, DES POÈMES !
LA SANGSUE SE PREND POUR UNE POÉTESSE. JE CROYAIS QU'IL FALLAIT UN CŒUR POUR ÇA.
Une mer de mélancolie aspirant à une dernière goutte de rosée...
C'EST TROP MIGNON !
HA HA, TRÈS DRÔLE.
RENDS-LE-MOI, JE NE RIGOLE PAS !
TU RÊVES, LES CROCS. JE VIENS DE COMMENCER.
J'AI—
RROOOHARR

HAHAHAHAH
!?
TIENS, IL Y A UN PORTRAIT...
JE LE CONNAIS ! IL EST DANS NOTRE CLASSE, NON ?
CHHHT, ÉCOUTE ÇA—
... la lune pâle me tourne le dos...
STOP.
ARRÊTE.
... et je m'écroule, impuissante et bri—
J'AI.
DIT.
ARRÊTE!
EUH. D'ACCORD, D'ACCORD, J'ARRÊTE.
C'ÉTAIT JUSTE UNE BLAGUE. PAS LA PEINE DE S'ÉNERVER.
TIENS, JE TE LE RENDS, TON CARNET—
PAF!

COUREZ!
KRAK
SCHLOF
ZWOOOUSHHH

PARDON ! ON RECOMMENCERA PAS, PROMIS !
AH BON ? ON VA VOIR SI TU ES VRAIMENT DÉSOLÉE...
JE VAIS TE PASSER—
!?
AOUH
BOM!
ÉMILE ?
JE— JE—
FLAP
FLAP
FLAP
FLAP
POF!

KNOCK
KNOCK

BONSOIR, M. ALERON.
OUI ?
HUM, HÉMATITE EST LÀ ?
AH OUI, TU ES LA PETITE GOULE.
DRUNELA.
ET ON PRÉFÈRE LE TERME DRAUGR.
HMMM
HÉMATITE N'EST PAS LÀ.
NON, JE NE SAIS PAS OÙ ELLE EST. ET NON, TU NE PEUX PAS L'ATTENDRE ICI.
BONNE SOIRÉE.
BLAM!
BON. IL Y A PLUSIEURS FAÇONS DE PLUMER UN CANARD.

!?
JE TE LE DIS, C'EST CETTE ÉCOLE, TOUS CES GENS.
SI SEULEMENT ELLE AVAIT CHOISI L'ACADÉMIE DIAEMUS COMME NOUS LE SOUHAITIONS... POURQUOI NOUS PUNIR AINSI ?
LAISSE-LUI DU TEMPS. ELLE FINIRA PAR COMPRENDRE QUE NOS TRADITIONS ONT UNE BONNE RAISON D'EXISTER.
J'ESPÈRE QUE TU AS RAISON. J'AIMERAIS JUSTE QU'ELLE LE PRENNE... AUTREMENT.
JE SAIS. MAIS C'EST DANS SON SANG, D'ÊTRE UN PEU REBELLE. C'EST UNE BLACKWOOD.
SES RÉCENTS ACCÈS DE COLÈRE M'INQUIÈTENT, TOUT DE MÊME. JE PENSE QUE C'EST–
A-HEM!
HIII !
TAP

OH— SALUT VIKTOR.
HÉMATITE DOIT ÊTRE À LA BIBLIOTHÈQUE. ELLE Y PASSE BEAUCOUP DE TEMPS, EN CE MOMENT.
JE DIS ÇA AU CAS OÙ TU NE VOUDRAIS PAS ALOURDIR LA LISTE DES GRIEFS QU'ALERON A CONTRE TOI.
PFFF ! COMME S'IL AVAIT SOUDAINEMENT BESOIN D'UNE RAISON.
JE VENAIS JUSTE DÉPOSER LE CARNET D'HÉMATITE. MAIS JE COMPTAIS PASSER À LA BIBLIOTHÈQUE.
ÉMILE Y VA SOUVENT, DONC…
OH OUI, JE SAIS. JE SAIS TOUT SUR ÉMILE…
OUAIS.
TU EN AS VU D'AUTRES, QUOI.
BON, BEN… FAUT QUE JE FILE. À PLUS TARD, VIKTOR.

AH, TE VOILÀ.
POOOF!
QU'EST-CE QUE TU FAISAIS LÀ-HAUT ?
JE ME DÉROBAIS AU MONDE. DANS L'ESPOIR QUE LES TÉNÈBRES M'ENGLOUTISSENT ET ABRÈGENT MES SOUFFRANCES.
COMME D'HAB, QUOI.
TIENS. J'AI CROISÉ BERTHE ET SA BANDE TOUT À L'HEURE, J'AI RÉCUPÉRÉ TON JOURNAL.
GARDE-LE. OU BIEN JETTE-LE. ÇA NE M'ATTIRE QUE DES ENNUIS. J'ÉCRIS COMME UN MANCHE ET JE NE DEVRAIS PAS INFLIGER ÇA AU MONDE.
ALLEZ, ARRÊTE DE DIRE N'IMPORTE QUOI ! ILS PEUVENT ÊTRE LOURDS, JE SAIS, MAIS—

J'AI PERDU LE CONTRÔLE, DRUNELA.
CETTE RAGE... C'EST UNE MALÉDICTION. UN FEU QUI BRÛLE EN MOI SANS QUE JE PUISSE RIEN Y FAIRE.
ILS ONT ÉTÉ HORRIBLES AVEC MOI, MAIS... JE N'AURAIS PAS DÛ FAIRE ÇA. ET C'EST LÀ QU'ÉMILE EST ARRIVÉ. CE N'EST QU'UN HUMAIN, J'AURAIS PU LUI FAIRE DU MAL. ET IL M'A VUE, ET IL—
OH NON, ET S'IL AVAIT ENTENDU LES POÈMES ? QU'EST-CE QU'IL DOIT PENSER DE MOI ?
ÉMILE, ÉMILE ! ON S'EN FICHE DE CE QU'IL PENSE.
FRANCHEMENT, JE NE SAIS PAS CE QUE TU LUI TROUVES. IL EST TELLEMENT SNOB.
ET MOI JE NE SAIS PAS POURQUOI TU TRAÎNES AVEC BERTHE ET SES SBIRES ! ILS PASSENT LEUR TEMPS À M'EMBÊTER.
ET ILS ONT TROUVÉ QUE MES POÈMES ÉTAIENT DÉBILES.
BON, C'EST PEUT-ÊTRE PAS LES MEILLEURS POUR JUGER DE LA POÉSIE...
HAHAHA HAHA HAHAHA HAHA
MAIS JE TE JURE QU'ILS NE SONT PAS TOUJOURS AUSSI CRÉTINS !
SI SEULEMENT VOUS ARRÊTIEZ VOS GAMINERIES ET QUE VOUS APPRENIEZ À VOUS CONNAÎTRE.
C'EST SÛR QUE ÇA ME FACILITERAIT LA VIE.

ET PUIS MOI, J'ADORE CE QUE TU ÉCRIS. ÇA COMPTE POUR DU BEURRE ?
NON, NON.
ET… TOUT LE MONDE VA BIEN ?
ÇA VA ! ALPHONSE S'ÉTAIT PRESQUE REGÉLIFIÉ QUAND JE SUIS ARRIVÉE ET FRIDA PERD TOUT LE TEMPS SA TÊTE, DE TOUTE FAÇON.
BERTHE A SURTOUT ÉTÉ BLESSÉE DANS SA FIERTÉ.
ELLE AVAIT MÊME L'AIR IMPRESSIONNÉE.
ÇA VA ALORS.
JE SUIS JUSTE HYPER DÉÇUE D'AVOIR TOUT RATÉ ! PRÉVIENS-MOI À L'AVANCE, LA PROCHAINE FOIS !
NOTÉ, DANS LA RUBRIQUE « PÉTER LES PLOMBS » DE MON AGENDA.
HAHAHA, PARFAIT !
PRENDS SOIN DE TOI, HÉM ET REMPLIS-MOI CES PAGES !
BIBLIOTHÈQUE

POOF!
PLIC!

BRAOOOM

MAIS ENFIN, QU'EST-CE QUE C'EST QUE CETTE BOUE RÉPUGNANTE ?

DES RACINES, DES CHAMPIGNONS, DES LÉGUMES ET QUELQUES INGRÉDIENTS ALCHIMIQUES. BETTERAVES, MANDRAGORE—
—ESSENCE DE MOUSSE D'ENT, SÈVE NOIRE DE CHÊNE DE FER—
JE NE COMPRENDS PAS POURQUOI TU PERSISTES AINSI À MANQUER DE RESPECT À TA LIGNÉE.
JE—
PAS DU TOUT.
JE... JE N'AIME PAS L'IDÉE... DU SANG.
...
ELLE N'AIME PAS L'IDÉE !
NOUS SOMMES DES VAMPIRES. C'EST COMME SI UN POISSON N'AIMAIT PAS L'IDÉE DE VIVRE DANS L'EAU.
JE NE SAIS PAS, J'AI FAIT BEAUCOUP DE RECHERCHES ET LE—
TU AS TOUJOURS TES COUPS DE SANG ? ÇA POURRAIT TOUT À FAIT ÊTRE UN PROBLÈME DE NUTRITION.
NON ! JE— JE NE VOIS PAS LE RAPPORT AVEC TOUT ÇA !

MA CHÉRIE, TU TRAVERSES UNE PÉRIODE DIFFICILE.
TU NE VEUX PAS DONNER SA CHANCE À L'ACADÉMIE DIAEMUS ? JE SUIS SÛRE QUE FRÉQUENTER DES GENS DE TA PROPRE ESPÈCE TE FERAIT VITE OUBLIER CES INEPTIES.
TA MÈRE A RAISON. NOUS AVONS UN LEGS ET DES RESPONSABILITÉS. IL EST TEMPS QUE TU COMPRENNES QUELLE EST NOTRE PLACE DANS CE MONDE.
JE NE VEUX PLUS QU'ON PARLE DE TOUT ÇA !
ON VEUT JUSTE CE QU'IL Y A DE MEILLEUR POUR TOI, HÉMATITE—
NON ! VOUS VOULEZ CE QU'IL Y A DE MEILLEUR POUR VOUS !
PAS ÉTONNANT QUE TOUT LE MONDE DÉTESTE LES VAMPIRES. RIEN QUE DES DESPOTES NARCISSIQUES AVIDES DE POUVOIR.
ASSEZ ! C'EST UNE CHOSE D'INSULTER NOTRE HÉRITAGE, MAIS JE NE TOLÉRERAI PAS QUE TU TE COMPORTES COMME UNE DÉLINQUANTE AVEC TA MÈRE.
ASSIEDS-TOI ET AVALE TON ABJECTE INFUSION EN SILENCE.
NOUS AVONS ÉTÉ TROP INDULGENTS. TU ES À DEUX DOIGTS DE PERDRE LES LIBERTÉS QUE NOUS T'AVONS GÉNÉREUSEMENT ACCORDÉES. SI TU N'ES PAS CAPABLE DE PRENDRE DES DÉCISIONS SENSÉES, NOUS LES PRENDRONS POUR TOI.
AU MOINDRE ÉCART, JE TE PRÉVIENS, TU PARS POUR L'ACADÉMIE DIAEMUS.
OUI, PAPA.

≷SOUPIR≶
JE NE SAIS PAS POURQUOI J'INSISTE. ILS NE COMPRENNENT PAS.
AU LIEU DE T'OBSTINER, TU POURRAIS PEUT-ÊTRE ESSAYER DE FAIRE SEMBLANT DE TEMPS EN TEMPS ?
ÇA LEUR PLAIRAIT SÛREMENT. LES VAMPIRES ADORENT FAIRE SEMBLANT.
SNIP

MAIS J'EN AI ASSEZ DE PORTER UN MASQUE...
ASSEZ DE TAIRE CE QU'IL Y A DANS MON CŒUR.
Trouverai-je jamais les mots pour rompre le silence ?

CLANG CLANG
POP
PFIOU, J'AI BIEN CRU QUE CE COURS NE FINIRAIT JAMAIS !
IL N'Y A QUE MADEMOISELLE BATRACHI POUR RENDRE RASOIR LES POISONS ET LES VENINS.
OUAIS.
TU RENTRES CHEZ TOI ? ÇA TE DIT QU'ON FASSE LE CHEMIN ENSEMBLE ?
EUH... NON, J'AI DES CHOSES À FAIRE AVANT.
DES COURSES, DES TRUCS CHIANTS.
...
SI TU LE DIS.

BON, DE TOUTE FAÇON ON SE VOIT PLUS TARD. RASSURE-MOI, TU VIENS CE SOIR, HEIN ?
OUI OUI, BIEN SÛR.

LE ROYAUME DES OMBRES
UNE CONFÉRENCE DU PROFESSEURE DERTH
LE ROYAUME DES OMBRES
UNE CONFÉRENCE DU PROFESSEURE E. DERTH
—ET CE CHAMP D'ÉTUDE EN EST À SES BALBUTIEMENTS.
NOS CONNAISSANCES SUR LES CRÉATURES DU ROYAUME DES OMBRES SONT LIMITÉES...
ET LEUR ÉTUDE FAIT L'OBJET D'UN CONTRÔLE STRICT DE LA PART DU MINISTÈRE, UN SUJET DANGEREUX S'IL EN EST.

MAIS LES DÉCLARATIONS DE MATTI SUR CE QUI RELIE NOS DEUX MONDES BÉNÉFICIENT D'UN APPUI SOLIDE DANS LES CERCLES DE SORCIERS.
CERTAINES MANIFESTATIONS PHYSIQUES, TELLES QUE LES «FAMILIERS», SONT VISIBLES.
MAIS COMPTE TENU DE LEUR RARETÉ ET DES LOIS INTERDISANT L'ANALYSE DE SPÉCIMENS VIVANTS...
... IL EST QUASI IMPOSSIBLE DE DÉTERMINER QUELLE A PU ÊTRE LEUR FORME INITIALE.
DES QUESTIONS ?
OUI, ALLEZ-Y ÉMILE.
LA THÉORIE DE MATTI POURRAIT-ELLE EXPLIQUER LES «PORTES» OU LES ZONES DE DÉMARCATION FLOUES AVEC LE ROYAUME DES OMBRES, TELLES QUE DÉCRITES DANS L'ARTICLE DE DEORRIC ?
CETTE QUESTION EST TRÈS PERTIN
BIEN QUE LIMITÉE EN PRATIQUE, CA
SEMBLE INDIQUER QUE NOUS NE PO
ACCÉDER AU ROYAUME DES OMBRE
ZONES EXISTENT-ELLES ? POURRI
ÉTRER ?

Une confession quitte tes lèvres…
…ma présence, obsédante, occupe la moindre de tes pensées…
…et hante tes rêves tandis que tu sombres dans un profond sommeil.
Mais ton cœur est lourd d'incertitudes, car comment l'éternité pourrait-elle chérir l'éphémère ?
Un fantasme damné, maudit par le sort…
…voué à ne causer que tourment et désolation.
Et pourtant…
…comment porter autrement le fardeau de l'éternité ?

HÉMATITE ?
BON— BONJOUR PAPA ! QU'EST-CE QUE TU FAIS ICI ?
MAÎTRE DERTH ET MOI CORRESPONDONS DEPUIS DES ANNÉES. NOS RECHERCHES SE CROISENT, TU SAIS.
JE NE M'ATTENDAIS PAS À TE VOIR ICI. JE NE SAVAIS PAS QUE TU T'INTÉRESSAIS AUX AFFAIRES OCCULTES.
JE RECONNAIS QUE JE SUIS AGRÉABLEMENT SURPRIS.
PEUT-ÊTRE Y A-T-IL ENCORE DE L'ESPOIR POUR TOI !
C'EST ÇA. HA HA.
DÉSOLÉE PAPA, JE SUIS RAVIE DE T'AVOIR CROISÉ À L'IMPROVISTE, MAIS JE DOIS VRAIMENT Y ALLER.
J'AI BEAUCOUP À FAIRE !

TU ES À L'HEURE !
C'EST UNE PREMIÈRE.
LES CIRCONSTANCES L'EXIGENT.
AH OUI ? POURQUOI ? ON VA FAIRE QUOI ?
PATIENCE. J'EXPLIQUERAI QUAND TOUT LE MONDE SERA LÀ.
TOUT LE MONDE ?

ÇA Y EST, LES VOILÀ !
OH NON ! QU'EST-CE QU'ILS FONT ICI ?!
DU CALME, ON N'EST PAS LÀ POUR TOI, LES CROCS. DRUNELA NOUS A INVITÉS.
ET DONC, JE M'EN VAIS. J'AI DÉJÀ EU MA DOSE AVEC VOUS.
ON N'EST PAS ASSEZ BIEN POUR ELLE.
C'EST ÇA, VA-T'EN, ALORS ! ÇA NOUS FERA DES VACANCES.
C'EST RÉCIPROQUE, ESPÈCE DE BRUTE.
ALLEZ, NE SOYEZ PAS STUPIDES. PERSONNE NE S'EN VA.
J'AI BESOIN DE VOUS TOUS. PROMIS, ÇA VAUT LE COUP !
D'ACCORD.
OKAY.

JE VOUS AI TOUS RÉUNIS ICI CAR J'AI PLANIFIÉ LA PLUS GRANDIOSE AVENTURE DE NOTRE JEUNESSE...
... NOUS ALLONS VOIR —
LES TÉNÉBREUX TROUBADOURS !
Les Ténébreux Troubadours
NON ?!
HAN, C'EST MON GROUPE PRÉFÉRÉ !
PAREIL ! ILS SONT GÉNIAUX !
TOI, DRUNELA, TU SAIS ME CONVAINCRE. JE NE SAVAIS MÊME PAS QU'ILS JOUAIENT EN VILLE !
EN FAIIIIIIIIT... PAS VRAIMENT.
ILS JOUENT DANS LA FORÊT AZUR.
AH.
JE ME SUIS EMBALLÉ TROP VITE...
C'EST UNE BLAGUE, HEIN ?
GENS DE PEU DE FOI ET D'IMAGINATION !

C'EST LÀ QU'INTERVIENT LA PARTIE «AVENTURE», VOYEZ-VOUS !
SI ON Y RÉFLÉCHIT BIEN, NOTRE SEUL OBSTACLE, C'EST LE TRANSPORT.
MAIS C'EST COMPTER SANS NOTRE ÉCOLE !
ET J'AI UN PLAN INFAILLIBLE—
DRUNELA, JE SAIS À QUOI TU PENSES ET JE NE SUIS PAS SÛRE QUE—
ÇA VA NOUS ATTIRER DES TAS DE PROBLÈMES.
MES PARENTS NE SONT PAS TRÈS CONTENTS DE MOI, EN CE MOMENT, ET—
ET QUOI QUE TU FASSES, ILS NE CHANGERONT PAS D'AVIS.
ALORS PLUTÔT QUE DE PENSER À EUX, TU FERAIS MIEUX DE PENSER À TOI, POUR UNE FOIS.
IL N'Y A PAS QUE MOI, DRUNELA. TU N'ES PAS INQUIÈTE, APRÈS CE QUI S'EST PASSÉ AVEC TA TANTE ?
ELLE A PEUT-ÊTRE ÉTÉ BANNIE, MAIS ELLE N'A AUCUN REGRET. GEORGETTE CONNAISSAIT LES RISQUES. MOI AUSSI.
NE LAISSE PAS LA PEUR GUIDER TA VIE.

TU SAIS QUOI ? TU AS RAISON. SI JE DOIS DE TOUTE FAÇON FINIR DANS CETTE ÉCOLE DE VAMPIRES COINCÉS, AUTANT QUE CE SOIT POUR UNE BONNE RAISON.
PARTANTE !
GÉNIAL !
VOILÀ CE QU'ON VA FAIRE...
D'ABORD, ON DOIT ENTRER DANS LE BUREAU DU SURVEILLANT GÉNÉRAL...
CLAK
... ET EMPRUNTER LA CLÉ DU COCHER.

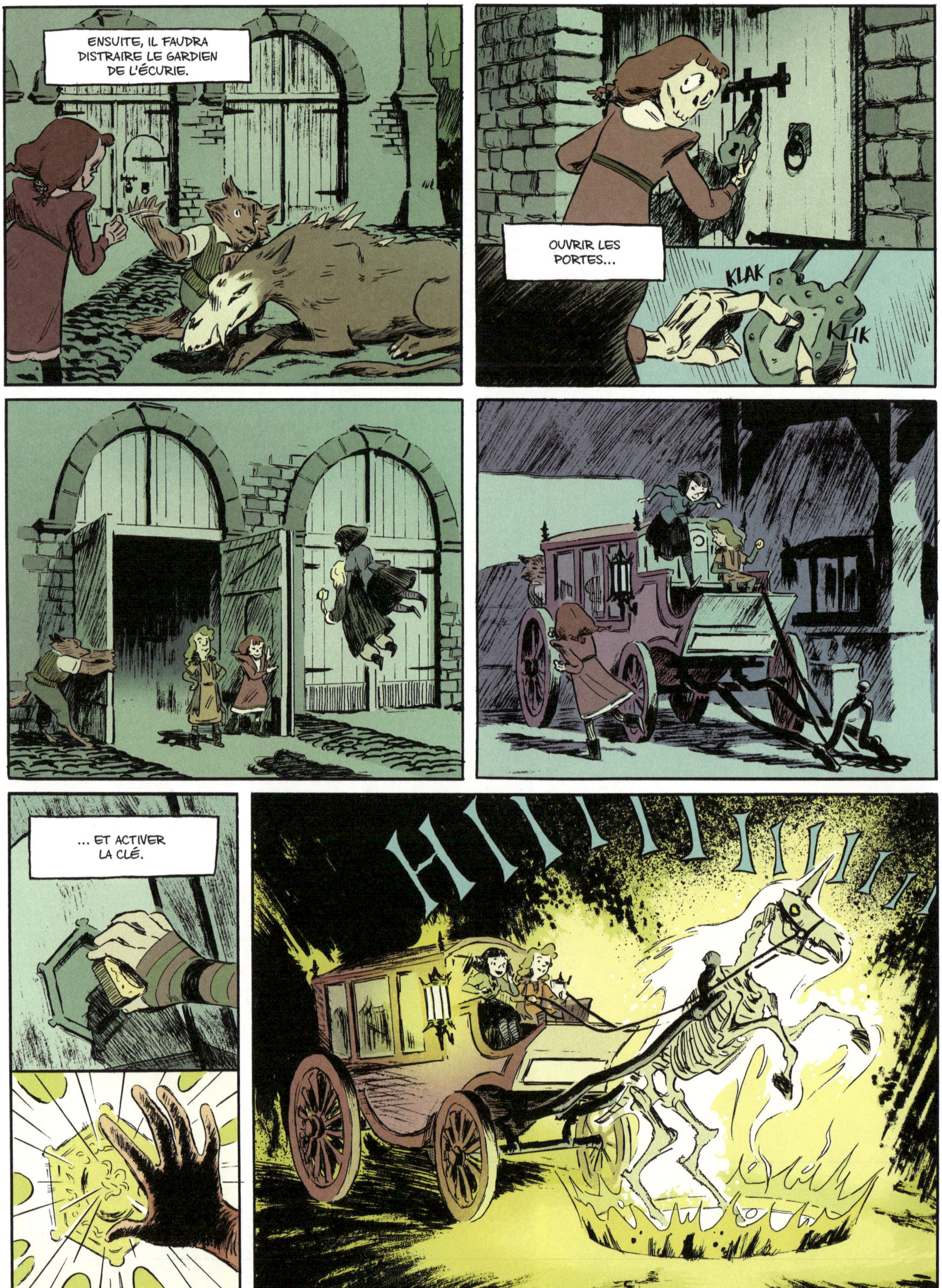
ENSUITE, IL FAUDRA DISTRAIRE LE GARDIEN DE L'ÉCURIE.
OUVRIR LES PORTES...
KLAK
KLIK
... ET ACTIVER LA CLÉ.
HIIIIIIIII

UNE FOIS PASSÉE LA PORTE DE LA LUNE, ON SERA HORS DE LA VILLE.
ÇA VA SI MAL QUE ÇA, AVEC TES PARENTS ?
OUAIS.
S'ILS APPRENNENT CE QU'ON A FAIT, TU POURRAS DIRE QUE C'EST MA FAUTE.
CE N'EST PAS COMME S'ILS POUVAIENT ENCORE MOINS M'APPRÉCIER.
OH, TU SERAIS SURPRISE.
ALORS FAISONS EN SORTE QU'ILS NE LE SACHENT PAS.
FORÊ
AZU

NOUS Y VOILÀ.
SI ON SE PERD DE VUE PENDANT LE CONCERT, RETROUVONS-NOUS ICI À LA FIN.
FWOOOSSHH
BIENVENUE À VOUS, VAGABONDS DE LA NUIT.

NOUS SOMMES LES TÉNÉBREUX TROUBADOURS !
ET CE SOIR, NOUS VOUS OFFRONS UN VOYAGE AU PAYS DES RÊVES.
PLUS JAMAIS JE NE DOUTERAI DE TOI, DRUNELA, TU ES GÉNIALE !
PAS MIEUX. C'EST EXACTEMENT CE QU'IL ME FALLAIT.
JE T'AVAIS DIT QUE ÇA VAUDRAIT LE COUP.
EST-CE QUE JE T'AI DÉJÀ DONNÉ DE FAUX ESPOIRS ?

LA PROCHAINE CHANSON S'APPELLE «MYSTIQUE OUBLI», ET ÇA FAIT...
C'EST MA PRÉFÉRÉE !
MOI AUSSI !
OOOOH ABANDONNER LA DOULEUR FERMER LES YEUX, SUIVRE LA VOIE VERS LE MYYYYSTIQUE OUBLI!!!

QU'ON SOIT CLAIRES, SANGSUE : JE TE TOLÈRE POUR FAIRE PLAISIR À DRUNELA.
LES AUTRES ONT PEUT-ÊTRE GOBÉ TON NUMÉRO DE «GENTILLE VAMPIRE», MAIS PAS MOI.
ON N'EST PAS AMIES ET ON NE LE SE—
SKRIEEEEE!
SKRIEEEEEEEE
UNE DESCENTE ! COUREZ !
LES RÉGULATEURS !

PERSONNE NE BOUGE. CECI EST UN RASSEMBLEMENT NON AUTORISÉ SUR DES TERRES INTERDITES.
SKRIEEEEE
VITE, VITE !

DRUNELA !
GRRAAH
NE VOUS APPROCHEZ PAS ! ÇA NE FERAIT QU'EMPIRER LES CHOSES.
GRRRAAHH ELLE A RAISON. ON NE VA PAS POUVOIR S'EN SORTIR PAR LA FORCE !
BON SANG. JE NE DEVRAIS PAS, MAIS...
QU'EST-CE QUE TU FAIS ? TU AS ENTENDU DRUNELA !

HÉMATITE, NON ! RECULE, JE T'EN SUPPLIE.
FAITES DEMI-TOUR. IL N'Y AVAIT PERSONNE ICI.
JE FAIS DEMI-TOUR. IL N'Y A PERSONNE ICI.

Je sombre à nouveau dans les abysses...
...ma résolution glisse entre mes doigts.
Tapie derrière la lumière, j'ai épousé l'obscurité...
...et me suis à jamais condamnée.
HUM, SALUT.
TU NE VAS PAS EN COURS ?

SALUT, BERTHE.
SI, J'Y VAIS.
C'EST, EUH… C'ÉTAIT FOU HIER SOIR, HEIN ?
HM.
DRUNELA M'A DIT QUE TU N'AIMAIS PAS ÇA.
MANIPULER LES PENSÉES DES GENS, COMME TU AS FAIT AVEC LES RÉGULATEURS.
NON. JE NE TROUVE PAS ÇA BIEN, MAIS JE NE POUVAIS PAS LES LAISSER L'EMBARQUER.
C'EST CHOUETTE. J'VEUX DIRE, QUE TU N'AIMES PAS ÇA. ET C'EST CHOUETTE DE L'AVOIR FAIT POUR DRUNELA.
J'AIMERAIS—
SOUPIR
JE NE COMPRENDS PAS COMMENT UNE DRAUGR ET UNE VAMPIRE PEUVENT ÊTRE AMIES. C'EST BIZARRE.
BREF… JE N'AIME TOUJOURS PAS LES VAMPIRES.
MAIS BON, TOI, ÇA VA.

VOUS EN FAITES, UNE TÊTE !
SALUT !
ON EST CONVOQUÉS CHEZ LA DIRECTRICE APRÈS LES COURS.
ON NOUS A VUS.
QUOI !? QUI ?
C'EST TRÈS GRAVE. LA GARGOUILLE DE L'ÉCOLE VOUS A IDENTIFIÉS TOUS LES CINQ.
ON VOUS A VUS ENTRER PAR EFFRACTION DANS LE BUREAU DU SURVEILLANT GÉNÉRAL ET EMPRUNTER LE CARROSSE DE L'ÉCOLE.
DES MESURES DISCIPLINAIRES S'IMPOSENT, ET JE DEVRAI EN INFORMER VOS PARENTS.
LA GARGOUILLE ! MAIS OUI...
ET SANS VOULOIR ACCUSER QUICONQUE SANS PREUVE...
... JE CROIS SAVOIR QUI EST L'INSTIGATRICE DE CETTE FRASQUE.
DRUNELA ? VOUS AVEZ QUELQUE CHOSE À NOUS DIRE ?
ALORS, EN FAIT–

C'EST MOI QUI AI TOUT ORGANISÉ.
HEIN ?
QU'EST-CE QU'ELLE FAIT ?
JE N'EN SAIS RIEN, MAIS ELLE ASSURE.
ILS SONT VENUS POUR ME FAIRE PLAISIR ET POUR ME REMONTER LE MORAL.
J'EN ASSUME L'ENTIÈRE RESPONSABILITÉ.
AH... C'EST UN COMPORTEMENT TRÈS INHABITUEL DE VOTRE PART, HÉMATITE.
JE CONTACTERAI VOS PARENTS POUR DISCUTER DES SANCTIONS APPROPRIÉES.
NOUS SOMMES TRÈS HONORÉS QU'UNE FAMILLE DE SI HAUT RANG AIT CHOISI WOLVEN SCHOOL, MAIS VU LA NATURE DE L'INFRACTION...
BIEN SÛR. FAITES CE QU'IL FAUT, MME WILLOW.
QUOI QU'IL EN SOIT, JE SUIS FIÈRE D'AVOIR EU L'HONNEUR D'ÊTRE LA SEULE ÉLÈVE VAMPIRE DANS L'HISTOIRE DE CETTE ÉCOLE.
DOMMAGE QU'IL ME FAILLE LA QUITTER PRÉMATURÉMENT.

JE N'AI PAS ÉTÉ CLAIRE. VOS ACTES NE RESTERONT PAS IMPUNIS, MAIS JE N'AI L'INTENTION DE RENVOYER PERSONNE.
ÇA NE CHANGE RIEN. QUAND ILS LE SAURONT, MES PARENTS NE ME LAISSERONT PLUS ÉTUDIER ICI.
J'AI AGI DE MON PROPRE CHEF, MAIS ILS ACCUSERONT L'ÉCOLE POUR SAUVER LA FACE.
ILS NE PRENDRONT PAS LE RISQUE D'ENTACHER LE NOM ET LA RÉPUTATION DES BLACKWOOD.
CE SERAIT... REGRETTABLE. POUVOIR COMPTER UNE VAMPIRE PARMI NOS ÉTUDIANTS A ÉTÉ... UN FORMIDABLE COUP DE POUCE.
VRAIMENT.
SURTOUT VENANT D'UNE FAMILLE AUSSI PRESTIGIEUSE.
CELA A DONNÉ DE LA VISIBILITÉ À WOLVEN SCHOOL.
PEUT-ÊTRE AI-JE PARLÉ TROP VITE.
MON BUT ÉTANT DE FAIRE DE VOUS DES ADULTES RESPONSABLES.
IMPLIQUER VOS PARENTS N'EST PEUT-ÊTRE PAS NÉCESSAIRE SI VOUS ÊTES PRÊTS À FAIRE AMENDE HONORABLE.
J'APPRÉCIE L'HONNÊTETÉ DONT VOUS AVEZ FAIT PREUVE, HÉMATITE.
VOUS ÊTES CONSCIENTS, J'ESPÈRE, QU'À L'AVENIR, UN TEL COMPORTEMENT NE SAURAIT ÊTRE TOLÉRÉ.
ON EST SINCÈREMENT DÉSOLÉS, ÇA NE SE REPRODUIRA PAS.
VRAIMENT.
TERRIBLEMENT.
TELLEMENT DÉSOLÉS.
J'ATTENDS DE VOUS D'EXCELLENTS RÉSULTATS ET VOUS SEREZ SYSTÉMATIQUEMENT VOLONTAIRES POUR LES ACTIVITÉS SCOLAIRES. ENTENDU ?
ENTENDU.
FILEZ, ET QUE JE NE VOUS Y REPRENNE PLUS.
JE NE SERAI PAS TOUJOURS AUSSI INDULGENTE.

C'ÉTAIT DINGUE, HÉM !
OUAIS ! JE PENSAIS QU'ON ÉTAIT CUITS !
MES PARENTS M'AURAIENT VRAIMENT FAIT CHANGER D'ÉCOLE POUR ÇA.
J'AI JUSTE MENTI ET ABUSÉ DE MA POSITION POUR SAUVER MA PEAU.
NAN.
TU AS SAUVÉ LA NÔTRE AUSSI.
SOIS PAS MODESTE, POUR UNE FOIS.
ALLEZ, À DEMAIN !
SALUT !

…
♦ De la nature des entités primordiales — H. Tibor
♦ Traité de mythologie occulte — I. Nobbs
♦ Les invocations perdues — A. Blake
♦ Voyage au Royaume des ombres — V.M. Folet
EUH— ÉMILE, ATTENDS !
TU AS FAIT TOMBER ÇA.

OH, MERCI.
ILS SONT TRÈS RARES, CES LIVRES SUR TA LISTE.
J'EN AI TROUVÉ SEULEMENT DEUX OU TROIS, LES BIBLIOTHÈQUES DU COIN MANQUENT CRUELLEMENT DE VOLUMES OCCULTES—
!?
MAIS, COMMENT TU CONNAIS CES LIVRES ?
OH. JE, EUH... EN FAIT, JE LES AI TOUS À LA MAISON.
SÉRIEUX !? C'EST GÉNIAL !
DEPUIS LE TEMPS QUE JE LES CHERCHE, JE COMMENÇAIS À DÉSESPÉRER !
JE POURRAIS TE LES EMPRUNTER ?
BEN... ILS APPARTIENNENT À MON PÈRE. ET IL N'AIME PAS TROP PRÊTER SES LIVRES.
MAIS TU PEUX TOUJOURS VENIR À LA MAISON !
ON A UNE IMMENSE BIBLIOTHÈQUE, TU POURRAIS LA CONSULTER QUAND TU VEUX.
OUI, ÇA ME PLAIRAIT BEAUCOUP.
LAISSE-MOI T'ÉCRIRE MON ADRESSE...
EST-CE QUE DEMAIN ÇA T'IRAIT ?
OUI, C'EST SUPER.

TU PEUX LE RÉPARER OU PAS ?
HMMM.
IL N'EST PAS CASSÉ, IL FAUT JUSTE LE RECALIBRER.
OÙ EST-CE QUE TU L'AS TROUVÉ ? JE CROYAIS QU'ON N'EN FABRIQUAIT PLUS ET QU'ILS AVAIENT TOUS ÉTÉ RAPPELÉS.
JE L'AI ÉCHANGÉ. J'AI MES CONTACTS.
EH BEN, QUEL TALENT.
TAP TAP
ÇA VA ? VOUS AVEZ FINI DE RAFISTOLER VOTRE MIROIR MAGIQUE ?
CE N'EST PAS UN... BREF. FRIDA VA LE RECALIBRER.
MAIS TU PEUX TE METTRE À L'AISE, ÇA RISQUE DE PRENDRE DU TEMPS.

OH, JE NE PEUX PAS RESTER. ÉMILE VIENT CHEZ MOI.
QUOI ?! PAR QUEL MIRACLE, RACONTE !
JE... LUI AI PARLÉ ET JE L'AI INVITÉ.
HA ! MADAME EST PASSÉE À L'ACTION !
JE SUIS FIÈRE.
DÉSOLÉE D'INTERROMPRE VOS POTINS, LES FILLES, MAIS J'AI PRESQUE FINI.
IL FAUDRA PEUT-ÊTRE CHANGER L'AMPLIFICATEUR POUR RENFORCER LE SIGNAL.
SINON JE NE SUIS PAS SÛRE QU'IL PASSE LE SCEAU DU DONJON.
OUAIS. LE MINISTÈRE FAIT VRAIMENT DE SON MIEUX POUR ISOLER LES EXILÉS.
ALLEZ, C'EST PARTI, ON TENTE.

KLIK KLIK KLIK
WEEZZZRRR
ÇA MARCHE !
TATIE GEORGETTE ! C'EST TOI ?
DR-ZZZRELA? ZRRR-
COMMENT-ZZR ZRRK-TU-ZZRK ZZR-CLAC
ZZWUFF
FZZZT
RAH, C'EST PAS VRAI !
PAF
POURQUOI TU NE ME LE LAISSES PAS QUELQUES JOURS ?
JE VAIS CONTINUER À BIDOUILLER ET JE TE TIENS AU COURANT SI ÇA DONNE QUELQUE CHOSE.

MAIS—
VIENS, JE DOIS Y ALLER ET TU FERAIS MIEUX DE LAISSER FRIDA BRICOLER TRANQUILLE.
ON Y ÉTAIT PRESQUE !
JE N'ARRIVE PAS À CROIRE QU'ON AIT RÉUSSI À LA VOIR.
T'INQUIÈTE, JE SUIS SÛRE QUE LA PROCHAINE FOIS SERA LA BONNE.
ENFIN. NOUS ALLIONS PARTIR.
TU ES SÛRE DE NE PAS VOULOIR VENIR, HÉMATITE ?
LES RÉCEPTIONS DE LORD ARCO SONT INCONTOURNABLES, L'OCCASION DE RENCONTRER DES PERSONNES TRÈS INFLUENTES ET DE CROISER DES VAMPIRES IMPORTANTS—
J'AURAIS VRAIMENT AIMÉ, MAIS J'AI PROMIS À UN CAMARADE QUE JE L'AIDERAIS.

MA CHÉRIE, TU AS LE DROIT DE PENSER À TOI DE TEMPS EN TEMPS, TU SAIS.
NE T'INQUIÈTE PAS, MAMAN. LA PROCHAINE RÉCEPTION AURA LIEU CHEZ NOUS, DONC IMPOSSIBLE QUE JE LA MANQUE.
ALLEZ-Y ET AMUSEZ-VOUS BIEN.
TRÈS BIEN.
À TOUT À L'HEURE.
TOC TOC
CREEAK
SALUT.

TA MAISON EST SUPER IMPRESSIONNANTE !
ET ENCORE, TU N'AS PAS VU LA BIBLIOTHÈQUE.
HUM !
ÉMILE, VOICI VIKTOR.
UN FAMILIER ! TU AS UN FAMILIER ? JE N'EN CROIS PAS MES YEUX !
JE N'EN AVAIS JAMAIS VU... JE PEUX LE TOUCHER ?
SEULEMENT SI TU NE TIENS PAS À TES DOIGTS.
IL EST UN PEU... TERRITORIAL. IL N'AIME PAS TROP LES INVITÉS.
MAIS IL NE TE FERAIT JAMAIS DE MAL, HEIN VIKTOR ?
HMPF !
NOUS Y VOILÀ !

WOUAH.
CET ENDROIT EST DINGUE !
HAN ! UNE PREMIÈRE ÉDITION DU «TRAITÉ SUR L'INVISIBLE» !
NE ME DIS PAS QUE... LES VINGT-SEPT TOMES DE «L'ENCYCLOPÉDIE DES TERRES VERTES ET AU-DELÀ» !?
JE PEUX RESTER ICI POUR TOUJOURS ?
HAHA.
SI TU AS PRIS TA LISTE, JE PEUX T'AIDER À TROUVER LES LIVRES AVANT QUE TU T'ÉVANOUISSES.
OUI, BIEN SÛR.
JE PEUX TE POSER UNE QUESTION ?
!?

JE CROYAIS QUE TOUS LES VAMPIRES ALLAIENT À L'ACADÉMIE DIAEMUS. POURQUOI TU N'Y ES PAS ?
OH.
D'UN POINT DE VUE SCOLAIRE, C'EST GÉNIAL. MAIS ÊTRE ENTOURÉE DE VAMPIRES TOUTE LA JOURNÉE...
C'EST CE QUE J'APPELLE UN RÊVE.
POUR MOI, C'EST PLUTÔT UN CAUCHEMAR. LA PLUPART DES VAMPIRES SONT ANTIPATHIQUES ET PAS DU TOUT OUVERTS AUX AUTRES—
TU N'ES PAS COMME ÇA.
ET JE PENSE QUE ÇA VAUDRAIT LE COUP, POUR AVOIR ACCÈS À TOUT CE SAVOIR, À TOUS CES SIÈCLES DE TRADITION ACADÉMIQUE.
S'ILS ACCEPTAIENT PLUS DE GENS COMME TOI, JE N'HÉSITERAIS PAS UNE SECONDE.
CE N'EST PAS IMPOSSIBLE. J'AI DISCUTÉ AVEC UN SORCIER RÉPUTÉ, LE PROFESSEUR DERTH. C'EST LUI QUI M'A DONNÉ CETTE LISTE.
AH OUI, JE CROIS QUE J'AI ENTENDU MON PÈRE EN PARLER.
C'EST L'UN DES RARES NON-VAMPIRES À ENSEIGNER LÀ-BAS, ET IL PENSE QUE JE SUIS CAPABLE DE PRENDRE SA RELÈVE.
IL M'A PRIS SOUS SON AILE.
JE N'AI PLUS QUE MA GRAND-MÈRE, DONC... JE VOUDRAIS QU'ELLE SOIT FIÈRE.
C'EST SUPER, ÉMILE.
TES LIVRES VONT SACRÉMENT M'AIDER. NON ?! C'EST—

UNE COPIE INTACTE DE «NATURE ET OCCULTISME», DE H. FILUS ! IL N'EN RESTE PLUS QUE CINQ OU SIX EXEMPLAIRES, NON ?
LE PROFESSEUR DERTH M'EN A PARLÉ, MAIS SANS PENSER QU'ON LE TROUVERAIT. INCROYABLE !
C'EST UNE DES CHOSES AUXQUELLES MON PÈRE TIENT LE PLUS.
ET IL EN RESTE UNE DOUZAINE D'EXEMPLAIRES—
JE NE PENSE VRAIMENT PAS QUE TU DEVRAIS MONTRER CES LIVRES À CET HUMAIN.
C'EST DANGEREUX. ET JE N'AI PAS CONFIANCE EN LUI.
PFFF ! TU PARLES COMME MON PÈRE. ÉMILE EST UN PARFAIT GENTLEMAN—
UN GENTLEMAN ? SON ESPÈCE EST À PEINE CIVILISÉE. IL POURRAIT ESSAYER DE LES VOLER.
ARRÊTE, C'EST RIDICULE !
JE DIS SIMPLEMENT QUE TU NE DEVRAIS PAS LAISSER N'IMPORTE QUI—
ÇA SUFFIT !
TU ES MON FAMILIER ! SI TU ES INCAPABLE DE TE COMPORTER EN AMI—
HÉM—
QUOI !?

JE– JE–
QUOI... ?
É– ÉMILE,
EXCUSE-MOI !
ÉMILE,
ATTENDS !
NON !
ÉMILE ?
ÉMILE !?

Fleurs fanées du souvenir,
vains rites sous un ciel de plomb...
... tout espoir est perdu,
éteint à jamais avec toi.
Un avenir
étouffé dans l'oeuf.
ÉMILE GARCÍA

Tourmenté par les échos de ton sourire, le remords poignarde mon âme.
ÉMILE GARCIA
ÉMILE GARCIA
Sous mes doigts, l'ombre de ton absence se dérobe et je m'écroule.
JE SUIS DÉSOLÉE DE CE QUI T'ARRIVE... JE PEUX FAIRE QUELQUE CHOSE, HÉM ?

JE NE SAIS PAS. JE NE SAIS PAS QUOI FAIRE.
TOUT EST DE MA FAUTE.
C'ÉTAIT UN ACCIDENT. TU N'Y ES POUR RIEN DU TOUT.
S'IL N'ÉTAIT PAS VENU, QUE JE N'AVAIS PAS PERDU MON SANG-FROID...
PENDANT UN INSTANT J'AI PENSÉ— TOUT SE PASSAIT SI BIEN. J'AI SENTI UNE VRAIE CONNEXION ET MAINTENANT... IL EST PARTI.
COMMENT PUIS-JE CONTINUER À VIVRE APRÈS ÇA ?
ÉMILE EST MORT, ET IL N'Y A RIEN QUE TU PUISSES FAIRE. MAIS TOI, TU ES TOUJOURS LÀ.
ON VA TRAVERSER ÇA ENSEMBLE, COMME ON L'A TOUJOURS FAIT.
VIENS, JE TE RACCOMPAGNE CHEZ TOI. TU DEVRAIS TE REPOSER.

JE CROIS QUE JE PRÉFÈRE RENTRER TOUTE SEULE. VOLER M'AIDE À FAIRE LE VIDE.
D'ACCORD. SI TU AS BESOIN DE QUOI QUE CE SOIT, TU SAIS OÙ ME TROUVER.
TU AS TORT, TU SAIS. POUR ÉMILE.
?
DE QUOI TU PARLES ? COMMENT ÇA, J'AI TORT ?
TU AS DIT QU'IL ÉTAIT MORT ET QUE JE NE POUVAIS RIEN Y FAIRE.
MAIS CE N'EST PAS VRAI.
IL Y A QUELQUE CHOSE À FAIRE... MAIS J'AI BESOIN DE TA TANTE.
TU ES DEVENUE FOLLE OU QUOI !?
CETTE HISTOIRE A FAILLI DÉTRUIRE MA FAMILLE ! JE N'ARRIVE MÊME PAS À CROIRE QUE TU Y SONGES.
ÇA N'A RIEN À VOIR AVEC NOS GAMINERIES HABITUELLES, HÉMATITE. LA NÉCROMANCIE EST UN CRIME.

MAIS... TU DISAIS QUE GEORGETTE NE REGRETTAIT RIEN.
ÇA NE VEUT PAS DIRE QU'IL Y A EU ZÉRO CONSÉQUENCE !
ELLE EST COINCÉE DANS LES DONJONS POUR TOUJOURS, SANS ESPOIR DE RETOUR.
ET ÇA... ÇA NE VAUT PAS LE COUP.
POUR MOI, SI.
OUBLIE ÇA. ON N'A PAS TOUS UN NOM DE FAMILLE QUI PEUT NOUS TIRER D'AFFAIRE.
TU ES INJUSTE. S'IL Y AVAIT UN AUTRE MOYEN...
C'EST VRAI. C'EST INJUSTE. DÉSOLÉE, MAIS JE NE PEUX PAS T'AIDER.
AVEC LE TEMPS, ÇA TE PASSERA.
NON, DRUNELA. J'AI VOLÉ SON AVENIR.
JE DOIS AU MOINS ESSAYER D'ARRANGER LES CHOSES.

POUF
Comment porter autrement le fardeau de l'éternité ?

LE DÎNER SERA BIENTÔT PRÊT, HÉMATITE.
MAIS ON PEUT ATTENDRE ENCORE UN PEU SI TU VEUX PRÉPARER UNE DE TES... MIXTURES.
NON MERCI, JE N'AI PAS FAIM.
JE CROIS QUE JE PRÉFÉRAIS QUAND ELLE ÉTAIT INSOLENTE.
HUM. QUELLE IDÉE DE SE LIER D'AMITIÉ AVEC UN HUMAIN. ILS SONT SI... PÉRISSABLES.
ET DIRE QUE NOUS DEVRONS SUBIR SES LAMENTATIONS À CHAQUE FOIS.
...
BAM

TAP TAP
DRUNELA ! QU'EST-CE QUE TU FAIS ICI ?
IL FALLAIT QUE JE TE PARLE...
TU SAIS, J'AI BEAUCOUP RÉFLÉCHI.
ET C'EST D'ACCORD. JE VAIS T'AIDER À RAMENER ÉMILE.
C'EST VRAI ? TU N'AS PLUS PEUR DES CONSÉQUENCES ?
BIEN SÛR QUE SI. MAIS TU AS TOUJOURS ÉTÉ LÀ POUR MOI.
MÊME QUAND TU DOUTAIS. MÊME QUAND LES CHOSES TOURNAIENT MAL.
CE N'EST PAS PAREIL. CE QUE JE TE DEMANDE...
BON, ON NE VA PAS SE MENTIR : C'EST L'IDÉE LA PLUS STUPIDE ET DANGEREUSE QUE TU AIES JAMAIS EUE.
...

MAIS SI TU VAS JUSQU'AU BOUT, ALORS J'Y VAIS AVEC TOI.
MERCI.
TU ES UNE VRAIE AMIE.
ATTENDS. JE NE SUIS MÊME PAS SÛRE QUE CE SOIT FAISABLE.
MAIS C'EST MON TOUR DE TE FAIRE CONFIANCE.
ON TROUVERA ENSEMBLE.
COMME TOUJOURS.

✦ Fin du tome 1 ✦